Ma soeur est une commère

Texte de Jean Marzollo
Illustrations de Irene Trivas

Traduit de l'anglais par
Lucie Duchesne

Données de catalogage avant publication (Canada)

Marzollo, Jean

Ma soeur est une commère

(Rue des Pommettes; # 4)
Traduction de: My sister is a blabbermouth.
Pour enfants de 8 à 10 ans.

ISBN 2-7625-6845-5

I. Trivas, Irène. II. Titre. III. Collection:
Marzollo, Jean. Rue des Pommettes; # 4.

PZ23.M37Ma 1991   j813'.54   C91-096775-X

Dépôts légaux: 4e trimestre 1991
Bibliothèque nationale du Québec
Bibliothèque nationale du Canada

ISBN: 2-7625-6845-5   Imprimé au Canada

LES ÉDITIONS HÉRITAGE INC.
300, Arran, Saint-Lambert, Québec J4R 1K5
(514) 875-0327

À Elwood et les Earwigs

Je remercie particulièrement Lucinda Lee Katz, Li Wei, Becky Beane, Kate McMullan, Bud Spodek et les élèves de la classe de Mme Liberty: David A, J.J., Kendall, Karina, Kali, Katie, Conor, Melissa, Debbie, Ashley, Chris, Rebecca, David S., Jatinder, Tara, Alicia, Samantha, Joey, Maria et Ryan. — J.M.

Il y a trente-neuf enfants dans la rue des Pommettes. Certains sont encore tout petits, d'autres sont adolescents. Voici les principaux personnages de cette histoire :

Lisanne Wu
Julie Wu
Mai-Mai Wu
Pierrot Morelli
Jean-François Petit
Mathieu Barnabé
Maria Lopez
Jeanne Dagenais
Émile Dagenais
Danielle Barnabé
Anne-Marie Lévy
Alex Lévy
Laurence Lebrun

Chapitre 1

— Debout! lance une voix.

Mais Lisanne Wu ne veut pas se réveiller. Elle rêve à Cendrillon.

Dans son rêve, il y a deux soeurs. Le prince la choisit toujours.

— Debout! crie la voix de nouveau.

Lisanne cherche dans sa taie d'oreiller. Elle fouille jusqu'à ce qu'elle trouve un petit morceau de soie.

C'est tout ce qui reste de sa couverture quand elle était bébé. Elle l'appelle sa «doudouce».

Lisanne frotte sa doudouce sur sa joue et retourne à son rêve.

— Lisanne est un bébé, elle a une doudouce, poursuit la voix d'un ton méchant.

Lisanne cache sa doudouce dans sa taie d'oreiller.

— Arrête! crie-t-elle.

Son rêve est interrompu. Lisanne s'assoit et regarde sa soeur.

— Dépêche-toi de t'habiller! crie Julie. On va au camp de jour!

La soeur de Lisanne porte un chandail jaune et un short jaune. Elle est plus jaune que le soleil.

— Je ne veux pas aller au camp de jour, grogne Lisanne.

— Maman! Maman! crie Julie en courant dans le corridor. Lisanne ne veut pas aller au camp de jour!

Quelques secondes plus tard, madame Wu arrive dans la chambre. Elle s'appuie sur l'encadrement de la porte. Elle a un gros ventre parce qu'elle est enceinte.

— Qu'est-ce qui se passe? demande-t-elle à Lisanne.

— Je ne veux pas aller au camp de jour, répond Lisanne.

— Mais ça va être amusant, dit sa mère. Et tu dois y aller. Tu dois veiller sur Julie.

— Julie a seulement *un* an de moins que moi, dit Lisanne.

«Et elle est bien meilleure que moi à la balle molle», voudrait-elle ajouter. Mais elle ne le dit pas. C'est trop gênant. Et puis, la balle molle n'a aucune importance! Le prince n'a jamais demandé à Lisanne si elle jouait bien à la balle molle.

Madame Wu s'assoit sur le lit de Lisanne. Elle pose doucement ses mains sur son ventre.

— Lisanne, ma chérie, tu es l'aînée de la famille. Tu seras aussi formidable au camp de jour que tu l'es à l'école.

Lisanne secoue la tête. Il n'y a rien à faire. Sa mère ne comprendra jamais. Elle n'est jamais allée dans un camp de jour.

Lisanne n'est jamais allée dans un camp de jour elle non plus. Mais elle sait qu'elle sera obligée de jouer à la balle molle toute la journée.

Lisanne ne sait pas lancer. Et elle ne sait pas attraper non plus. Tous les campeurs vont la détester. Elle sera leur dernier choix quand ils formeront les équipes.

Madame Wu dit à Lisanne de s'habiller, puis elle quitte la chambre.

Lisanne enfile un chandail gris et un short gris. Parfait! Julie ressemble au soleil et Lisanne, à un gros nuage gris.

Lisanne-Nuage et Julie-Soleil regardent par la fenêtre.

Un grand cercle bleu a été peint dans la rue. Parfait pour la balle molle.

La veille, Lisanne avait vu madame Morelli et Pierrot qui peignaient ce cercle.

Pierrot est l'ami de Lisanne. Madame Morelli est la grand-mère de Pierrot. Et c'est la directrice du camp de jour.

En enfilant ses chaussettes, Lisanne se rappelle comment le projet de camp de jour a commencé.

Le dernier jour de l'année scolaire, madame Morelli était venue chercher Pierrot.

— Qu'est-ce que tu vas faire, cet été? lui avait-elle demandé.

— Rien, avait répondu Pierrot.

— Et toi, qu'est-ce que tu vas faire? avait-elle ensuite demandé à Lisanne.

— Rien, avait dit Lisanne.

Tous les autres enfants avaient répondu la même chose à madame Morelli.

— Mais c'est terriblement ennuyeux de ne rien faire! s'était-elle écriée. Nous allons organiser un camp de jour dans la rue des Pommettes.

La rue des Pommettes est celle où ils habitent.

— Nous allons inviter les trente-neuf enfants qui habitent ici.

C'est ce qu'elle s'était empressée de faire. Certains enfants étaient trop petits pour participer, mais la plupart des autres s'étaient inscrits.

Et aujourd'hui, c'est le premier jour du camp.

— Regarde! s'écrie Julie qui jette un coup d'oeil par la fenêtre. Les moniteurs sont arrivés.

Lisanne suit le regard de sa soeur. Elle aperçoit Anne-Marie et Alex Lévy debout au milieu du cercle bleu. Ils vont bientôt finir leur cours primaire.

Alex adore l'exercice physique. Lisanne sait qu'il ne l'aimera pas, au camp. Il se fâchera chaque fois qu'elle ratera la balle.

— Anne-Marie a une queue de cheval sur

le côté, fait remarquer Julie.

Julie retire sa barrette. Elle brosse ses cheveux vers le côté et se fait une queue de cheval comme celle d'Anne-Marie. C'est plutôt joli.

Lisanne imite sa soeur.

— Tes cheveux sont trop courts, dit Julie. Ta queue de cheval ressemble à un pinceau.

— Ah oui? Eh bien, la tienne ressemble à un balai, réplique Lisanne.

— Maman! crie Julie. Lisanne m'a dit...

Lisanne prend sa soeur par le bras.

— Arrête de tout répéter à maman, prévient-elle. Et, au camp, ne fais pas la commère, d'accord? Anne-Marie déteste les commères. Alex déteste les commères. Et je déteste les commères. Tu as entendu ce que maman a dit : je dois m'occuper de toi.

Au même moment, Mai-Mai entre dans la chambre. Il n'y a pas de garçon dans la famille Wu. Juste trois soeurs. Mai-Mai est le bébé. Elle porte encore des couches.

Mai-Mai se cache derrière Lisanne.

— Où est Mai-Mai? demande madame Wu.

Elle entre dans la chambre. Cette fois, elle tient un t-shirt. Elle fait semblant de ne pas voir Mai-Mai.

— Je n'en ai aucune idée, dit Lisanne.

Lisanne regarde autour d'elle. Elle fait semblant elle aussi.

Mai-Mai couine comme un petit cochon heureux. Lisanne attrape sa soeur et la prend dans ses bras. Elle lui met son t-shirt en deux temps trois mouvements.

Mai-Mai colle sa tête contre le cou de Lisanne.

— Maman, dit-elle.

— Je ne suis pas maman, corrige Lisanne avec un éclat de rire. Je suis ta grande soeur.

— Maman, insiste Mai-Mai.

Lisanne la berce. En fait, elle se sent un peu comme une maman.

Soudain, Julie ôte sa barrette et la jette sur le plancher.

— Je déteste mes cheveux! crie-t-elle. Lisanne a dit qu'ils avaient l'air d'un balai! Je n'irai pas au camp de jour.

— Calme-toi, dit madame Wu.

Julie renifle fort; ses épaules montent et

descendent.

Lisanne est sûre que sa soeur fait semblant. Mais elle ne le dira pas.

Julie fait la moue et lève la tête vers sa mère.

— Est-ce que je peux rester à la maison avec Mai-Mai? S'il te plaît, s'il te plaît!

Lisanne n'arrive pas à y croire. Elle regarde sa mère d'un air sombre. Quand il s'agit de Julie, sa mère peut céder très facilement.

— Eh bien, je ne sais pas, dit madame Wu.

«Ne cède pas cette fois-ci!», voudrait crier Lisanne. Mais elle se tait. Elle ne doit pas être impolie avec sa mère.

Madame Wu entoure Julie de son bras.

— Tu peux rester à la maison, mais juste pour aujourd'hui, dit-elle. Tu m'aideras avec Mai-Mai à faire des boulettes.

Lisanne est furieuse. Après tout, c'est elle qui voulait vraiment rester à la maison. Alors, elle dit d'une voix forte :

— Je vais rester moi aussi et je vais t'aider.

— Oh non! s'exclame sa mère. Tu es l'aînée. Va au camp et fais-nous honneur. Nous te regarderons par la fenêtre.

— Mais ce n'est pas juste! crie Lisanne. Tu laisses toujours Julie faire ce qu'elle veut!

En criant ces mots, Lisanne se sent très malheureuse. Elle ne doit pas crier après sa mère.

Heureusement que son père est parti à l'usine d'ordinateurs. S'il l'avait entendue, il aurait été très fâché.

Lisanne entoure sa mère de ses bras.

— Je m'excuse, lui dit-elle en déposant avec sincérité un petit baiser sur sa joue. Je m'en vais au camp. Tu seras fière de moi. Au revoir!

— Au revoir, dit sa mère en lui donnant un baiser sur le front. Amuse-toi bien. Nous te regarderons par la fenêtre.

Lisanne sort de l'appartement en courant et dévale l'escalier. Puis elle entend des pas derrière elle.

Qui cela peut-il bien être?

Julie.

Julie-Soleil.

—Attends-moi! crie-t-elle. Je faisais une

blague! Je t'ai bien euc, non?

— Pas du tout! répond Lisanne avec un sourire forcé.

Chapitre 2

— Bonjour! dit oncle Pierre.

Il balaie le trottoir devant le restaurant.

— Bonjour, oncle Pierre, fait Lisanne en s'inclinant pour le saluer.

— On s'en va au camp, annonce Julie qui s'incline elle aussi. Lisanne a peur d'y aller, mais pas moi.

Lisanne saisit le bras de sa soeur et le serre.

— Je t'avais dit d'arrêter de faire la commère.

— Aïe! crie Julie. Arrête!

— Lisanne, s'il te plaît! prévient oncle Pierre. Laisse ta soeur.

— Il faut que je lui tienne la main, répond Lisanne. Je suis l'aînée.

— Je vois, acquiesce oncle Pierre en la regardant tristement.

Même si c'est le matin, il a l'air fatigué.
Lisanne aimerait que son oncle soit plus heureux. Jusqu'à l'an dernier, il habitait le quartier chinois de Montréal. Mais après le décès de sa femme, il a déménagé à Pépinville pour être plus près des Wu.

Oncle Pierre a acheté le restaurant de la rue des Pommettes pour en faire un restaurant chinois.

On y sert les meilleurs mets chinois de la région. Mais la plupart des gens de la rue des Pommettes ne sont pas habitués à cette nourriture. Ils ne savent pas combien c'est bon. Alors ils ne viennent pas au restaurant d'oncle Pierre.

Lisanne lâche le bras de Julie et donne un gros baiser à son oncle. Elle aimerait trouver une façon de lui amener plus de clients.

— Fais-nous honneur, au camp, dit oncle Pierre.

— Promis, dit Lisanne.

Nuage prend la main de Soleil — gentiment cette fois-ci. Elles vont rejoindre les autres enfants du camp.

Lisanne sait que son oncle, sa mère, sa petite soeur la regardent. D'une certaine façon, elle est fière d'elle.

Jeanne et Jean-François sont debout à l'extérieur du cercle bleu. Ce sont les amis de Lisanne.

Lisanne leur dit bonjour.

Julie leur dit bonjour aussi.

— Tu n'es pas obligée de rester avec moi, lui dit Lisanne.

Mais Julie reste collée à sa soeur.

Jeanne et Jean-François essaient de chanter avec madame Morelli.

Madame Morelli a une vieille guitare tout usée. Elle porte ses vêtements habituels : une salopette couverte de taches de peinture, un t-shirt et une casquette des Expos de Montréal.

Lisanne chante avec les autres.

Julie aussi.

Tous chantent «Moi, mes souliers».

Madame Morelli dépose sa guitare et sourit.

— Prêts pour le camp? demande-t-elle.

— Moi, oui, répond Julie, mais Lisanne ne

voulait pas...

Lisanne saisit sa soeur par la bras.

— Excusez-nous une minute, dit-elle à madame Morelli.

Lisanne entraîne Julie à l'écart.

— Qu'est-ce que tu allais dire à mon sujet? demande-t-elle.

— Rien, répond Julie.

— Je t'avertis, dit Lisanne en plissant les yeux. Ne dis rien à mon sujet! Tu m'entends?

Julie fait la moue.

— Je m'excuse, dit-elle.

On dirait qu'elle va se mettre à pleurer, pour de vrai cette fois-ci.

Lisanne jette un coup d'oeil vers la fenêtre. Sa mère et Mai-Mai leur envoient la main.

— D'accord, dit Lisanne. Maintenant, retourne-toi et envoie la main à maman. Et souris.

Pour une fois, Julie fait ce qu'on lui demande.

Alex demande aux enfants de s'asseoir autour du grand cercle bleu. Lisanne s'assoit entre Jeanne et Mathieu.

— Va t'asseoir avec tes amis, lance-t-elle à Julie.

— Je veux rester avec toi, dit Julie.

— Il n'y a pas assez de place, répond Lisanne.

Julie réfléchit. Puis elle se penche et chantonne à l'oreille de Lisanne :

— Doudouce, doudouce.

Lisanne est horrifiée. Elle attire brusquement sa soeur sur ses genoux.

— Tu ferais mieux de ne parler de ma doudouce à personne! siffle-t-elle.

— Promis, répond Julie.

Julie reste sans bouger sur les genoux de Lisanne. Elle appuie même sa tête sur l'épaule de sa soeur.

Comme un gros bébé très lourd.

«L'été sera difficile», se dit Lisanne.

— Nous avons vingt-huit participants, annonce madame Morelli. C'est merveilleux! Et grâce à la mère de Jean-François Petit, la rue est interdite aux automobiles.

La mère de Jean-François est policière. Elle a demandé au service de police d'interdire la circulation automobile dans la rue des Pommettes pendant la journée.

Jean-François est très fier. Et pas seulement de sa mère. Son grand-père est l'un des moniteurs. Monsieur Petit est un écrivain amérindien. Il est venu à l'heure du conte, à l'école.

Mathieu Barnabé a l'air fier, lui aussi. Sa soeur Danielle est monitrice.

Lisanne aimerait avoir une vraie grande soeur, au lieu d'une soeur embêtante comme Julie.

— La première chose à faire, c'est de trouver un nom pour notre camp, annonce madame Morelli. Quelque chose comme le Camp de Pépinville. Mais c'est trop ordinaire. Il nous faut un nom amusant.

Lisanne se demande ce que madame Morelli veut dire par «amusant».

Madame Morelli est peintre. Ses tableaux sont très étranges. Personne n'arrive à dire ce qu'ils représentent.

«Peut-être qu'elle veut dire étrange», pense Lisanne.

— Est-ce que je peux suggérer quelque

chose? demande madame Morelli. Comme c'est moi qui ai eu l'idée d'organiser ce camp, appelons-le le Camp de jour des Expos de Montréal.

«C'est plutôt étrange», se dit Lisanne.

— Levez la main, ceux qui aiment ce nom, dit madame Morelli. Soyez honnêtes.

Seul monsieur Petit lève la main.

Lisanne a soudain une idée amusante. Elle n'est pas sûre que les autres l'aimeront.

«Je vais la proposer à Julie pour commencer», pense-t-elle.

— Que penses-tu du Camp des Champions? chuchote-t-elle à sa soeur.

Julie lève la main.

— Que pensez-vous du Camp des Champions? demande-t-elle.

Alex éclate de rire.

— Qui vote pour le Camp des Champions?

Tous lèvent la main. Même Lisanne.

Elle ne peut toujours pas voter contre sa propre idée!

Mais elle est très en colère.

— C'était mon idée! dit-elle à Julie.

— C'était l'idée de Lisanne, dit Julie.

Tout le monde parle, alors personne ne l'entend.

«L'été va être très, TRÈS difficile», pense Lisanne.

Madame Morelli souffle dans un sifflet.

Les campeurs se taisent.

— C'est le sifflet du Camp des Champions, explique madame Morelli. Quand vous l'entendrez, taisez-vous. Chaque matin, nous commencerons par une réunion autour du cercle bleu. Ensuite, nous aurons des ateliers. Après les ateliers, nous passerons aux activités habituelles des camps de jour : les jeux, le sport, l'artisanat et la musique.

Quand Lisanne entend le mot *sport*, elle se sent mal. Mais le mot *ateliers* l'intrigue encore plus. Est-ce qu'un atelier est pire que la balle molle?

— Qu'est-ce que c'est, les ateliers? demande-t-elle.

— Essaie de deviner, répond madame Morelli. Écoute.

Les campeurs écoutent les moniteurs qui leur donnent des indices. Laurence est la première à parler.

— J'ai toujours voulu apprendre à faire la roue, dit-elle. Est-ce qu'il y a quelqu'un qui pourrait me montrer comment faire?

— Moi, dit Alex.

Laurence joue avec ses cheveux et lui sourit.

— J'ai toujours voulu apprendre à jongler, ajoute Alex. Est-ce qu'il y a quelqu'un qui pourrait me montrer à jongler?

— Moi, dit monsieur Petit. Je serais heureux de t'enseigner comment faire.

Monsieur Petit sourit à madame Morelli.

— Savez-vous ce qui me plairait? demande-t-il. J'aimerais apprendre à jouer de la guitare.

— Pas de problème! répond madame Morelli.

Elle regarde les enfants.

— Alors, avez-vous deviné ce que sont les ateliers? demande-t-elle.

— Nous allons vous regarder pendant que vous allez apprendre des choses, dit Mathieu.

— Ce n'est pas tout à fait ça, dit madame Morelli.

— Nous allons apprendre des choses et enseigner des choses aussi, dit Jeanne.

— C'est ça! s'écrie madame Morelli. Et le dernier jour du camp sera le jour des Champions. Nous pourrions construire une scène. Et nous pourrions à tour de rôle y monter pour montrer ce que nous avons appris!

Madame Morelli est tout excitée.

— Et puis, ajoute-t-elle, nous organiserons une grande fête. Je ne sais pas encore quel genre de fête. Ce sera peut-être une surprise.

— Est-ce qu'on peut faire des suggestions? demande Mathieu.

— Bien sûr! dit madame Morelli. C'est une excellente idée. Mais ne confiez vos idées qu'à moi pour que ça reste un secret. Et proposez-moi des idées passionnantes. Nous pourrions donner un prix au campeur ou à la campeuse qui aura eu la meilleure idée.

Lisanne pourrait peut-être penser à une autre idée amusante. Mais cette fois-ci, elle ne la dira pas à Julie.

— Maintenant, vous avez un devoir à faire

pour demain, dit madame Morelli. Ce soir, vous devez penser à quelque chose à apprendre au camp, et à quelque chose à enseigner.

— Je sais déjà ce que je veux apprendre, dit Jeanne. Apprendre à aller à bicyclette. Mais qu'est-ce que je pourrai faire sur la scène?

— Tu peux faire de la bicyclette autour de la scène, dit monsieur Petit.

— Je peux enseigner à quelqu'un à dire l'alphabet à l'envers, dit Jean-François. Z, Y, X, W, V, U, T, S...

— Montre-moi comment! s'écrie Mathieu.

— D'accord, dit Jean-François. R, Q, P, O, N, M...

Il est capable de le dire à toute vitesse.

Tout le monde rit, sauf Lisanne. Elle adore les devoirs d'école. Mais les devoirs du camp sont différents.

Qu'est-ce qu'elle veut apprendre?

Elle devrait apprendre à mieux jouer à la balle molle. Elle n'aime pas la balle molle.

Ce qu'elle veut vraiment apprendre, c'est comment siffler. Tous les autres enfants de son âge savent siffler.

Mais c'est très gênant pour Lisanne d'admettre qu'elle ne sait pas siffler.

C'est le problème numéro un.

Le problème numéro deux est de trouver quelque chose à enseigner.

À l'école, Lisanne est la meilleure en écriture et en orthographe. Mais qui voudrait apprendre ça pendant un camp d'été?

Chapitre 3

Lisanne coupe les boulettes de Mai-Mai en petites bouchées.

Mai-Mai les prend avec ses doigts. Elle réussit à mettre quelques bouchées dans sa bouche. Elle en met d'autres sur ses joues. Lisanne essaie de ne pas rire.

— Je vais apprendre le ballet, annonce Julie. Maria Lopez va m'enseigner.

— Et qu'est-ce que tu vas enseigner? demande monsieur Wu.

Il est arrivé un peu avant le souper. Il ne s'est pas changé et porte toujours sa chemise blanche et sa cravate.

— Je vais enseigner la balle molle, dit Julie. On y a joué au camp, cet après-midi. Lisanne a été la première éliminée. J'ai été la dernière.

— Oh, tais-toi! supplie Lisanne.

— Lisanne! Sois gentille avec ta soeur, dit monsieur Wu.

— Pourquoi ne lui demandes-tu jamais d'être gentille avec moi? demande Lisanne.

— Ne sois pas impolie, gronde son père. Tu es l'aînée. Tu dois donner l'exemple.

Lisanne regarde par terre. Il y a des boulettes partout autour de Mai-Mai. Elle les ramasse avec une serviette de papier.

«Une seule fois, pense-t-elle, j'aimerais être le bébé de la famille.»

— Et toi, Lisanne? demande madame Wu. Qu'est-ce que tu vas apprendre au camp?

Lisanne se tourne vers Julie.

— Tu me promets de ne rien dire si je le dis?

Julie fait une croix sur son coeur.

— Promis, dit-elle.

— Je veux apprendre à siffler, dit Lisanne.

— Je pourrais t'enseigner, lui dit sa soeur.

Et elle se met à siffler «Au clair de la lune». Du début à la fin, sans aucune erreur.

Est-ce que quelqu'un demande à Julie d'arrêter?

Non.

Lisanne a envie d'enfoncer une grosse boulette dans la bouche de sa soeur. Mais elle ne le fait pas, évidemment.

Elle doit donner le bon exemple.

Ce soir, Lisanne est trop fâchée pour dormir.

Elle s'assoit dans son lit et allume la lumière.

«Parfait, se dit-elle. Julie ne s'est pas réveillée.»

Lisanne prend une feuille blanche. Elle écrit trois choses qu'elle peut enseigner.

Comment faire des boulettes chinoises.
Comment tracer de belles lettres.
Comment écrire sans fautes.

Ce n'est pas une longue liste.
Et ce n'est pas très passionnant.

Lisanne soupire et prend une nouvelle feuille. Elle écrit des idées pour la fête surprise du jour des Champions.

Un cirque.

Un feu de camp.

Un spectacle de magie.

Cette liste est plus amusante. Lisanne aimerait bien gagner le prix de la meilleure idée.

Le lendemain matin, madame Morelli joue de nouveau «Moi, mes souliers».
Lisanne s'assoit à côté d'elle.
Julie s'assoit à côté de Lisanne.
— Laisse-moi! chuchote Lisanne. Va retrouver tes amis!
— Doudouce, doudou...
— Tais-toi! ordonne Lisanne.
Elle se déplace, et Julie doit s'asseoir par terre si elle veut rester tout près de Lisanne. Celle-ci lui lance alors le regard le plus mauvais qu'elle peut imaginer.
— J'ai froid, dit Julie en se blottissant contre Lisanne.
Lisanne regarde vers sa fenêtre. Sa mère l'observe. Lisanne se force à sourire et lui envoie la main.
Alex annonce que la réunion commence.

34

— Qu'est-ce que tu veux apprendre? demande-t-il à chacun des enfants.

Un après l'autre, les campeurs et les campeuses disent ce qu'ils veulent apprendre.

Et c'est bientôt le tour de Lisanne.

Elle est trop gênée pour dire qu'elle veut apprendre à siffler. Et elle ne veut pas dire «jouer à la balle molle», parce qu'elle ne veut pas que Julie soit son professeur. Alors elle ne dit rien.

— Lisanne? demande Alex.

Lisanne est incapable de répondre.

— Elle veut apprendre à siffler, dit Julie.

— Tais-toi! s'écrie Lisanne.

Mais c'est trop tard. Tous les enfants qui savent siffler se mettent à siffler.

Lisanne n'est pas capable de les regarder. Aller au camp avec une soeur qui rapporte est vraiment la pire des choses.

À l'école, Julie et elle sont dans des classes différentes. Mais au camp, elles sont ensemble toute la journée.

Lisanne cligne des yeux pour ne pas pleurer.

Puis, quelqu'un lui parle. C'est madame

Morelli.

— J'étais exactement comme toi, Lisanne, lui dit-elle. Je n'ai pas su siffler avant l'âge de dix ans.

Lisanne cligne des yeux encore une fois.

Madame Morelli a un châle sur les épaules. Il est noir avec des fleurs rouges et une frange jaune or. Le soleil matinal éclaire son visage. Et elle fait un joli sourire à Lisanne.

— Alors, qu'est-ce que tu veux apprendre? demande Laurence.

— À siffler, dit Lisanne tout bas.

— Qui peut enseigner à siffler? demande Alex.

Beaucoup d'enfants lèvent la main. Et tous se mettent à siffler encore une fois.

Alex choisit Pierrot. Puis il dit :

— Et toi, Lisanne, qu'est-ce que tu peux enseigner?

Elle hausse les épaules et propose :

— L'orthographe?

— Si je n'avais pas choisi d'apprendre à jongler, dit Alex, j'apprendrais l'orthographe.

Mais personne d'autre ne semble intéressé.

— Eh! j'y pense, ajoute Alex. Sais-tu écrire?

— C'est l'une des meilleures de notre classe, dit Jeanne.

— Génial! fait Alex. Parce qu'Émile a besoin de quelqu'un pour écrire ses histoires sur les créatures de l'espace. Crois-tu que tu pourrais?

— Bien sûr! dit Lisanne.

Elle regarde Émile. Il est assis sur les genoux de sa soeur Jeanne. Lisanne se demande s'ils se disputent chez eux.

Émile a apporté sa couverture de l'espace. Il la porte tous les jours comme une cape. Peut-être qu'un jour Émile en cachera un petit morceau dans sa taie d'oreiller.

Ce sera si agréable d'écrire les histoires d'Émile.

— Bon, voici la liste, dit Alex en la montrant pour que tous la voient. Ceux dont le nom apparaît à gauche seront les professeurs aujourd'hui. Demain, ils seront les élèves.

Les enfants se lèvent pour retrouver leur professeur ou leur élève.

Émile court vers Lisanne. Elle le prend dans ses bras. Il est beaucoup plus lourd que Mai-Mai, alors elle le repose par terre.

Monsieur Petit rejoint madame Morelli. Il lui fait un grand sourire. Et madame Morelli lui fait un grand sourire en retour.

— Quand vais-je commencer mes cours? demande-t-il.

— Tout de suite, dit madame Morelli en prenant sa guitare. Au travail, Georges!

— Qui est Georges? demande Lisanne.

— C'est sa guitare, explique monsieur Petit. Un instrument de musique, c'est un peu un ami, non?

— J'allais dire exactement la même chose, dit madame Morelli. C'est étonnant, n'est-ce pas?

Madame Morelli lance son joli sourire à monsieur Petit.

Monsieur Petit lui sourit à son tour et éclate de rire. Et il rit de plus belle.

Madame Morelli continue à lui sourire.

«Il se passe quelque chose d'étrange et d'excitant», se dit Lisanne.

Chapitre 4

— Il était une fois un énorme extra-terres-tre, dit Émile. L'extra-terrestre vole dans le ciel et frappe un satellite. Le satellite est tout cassé. Tous les gens qui sont dedans tombent.

Lisanne arrête d'écrire.

— À quoi ils ressemblent?

— Le roi est rouge, la reine est verte. Veux-tu que je les dessine?

Lisanne regarde Émile qui dessine. Elle entend madame Morelli qui joue «Moi, mes souliers».

Elle chante avec monsieur Petit. Souvent, ils s'arrêtent et éclatent de rire.

Puis monsieur Petit joue l'air tout seul, très lentement.

Madame Morelli s'approche et regarde le dessin d'Émile. C'est un gribouillage coloré.

— Sensationnel! s'exclame madame Morelli. Tu as un style si libre, Émile. Tu pourrais me donner des leçons.

Lisanne ne sait pas si madame Morelli est sérieuse ou non.

Une de ses toiles est accrochée à l'école. Ça ressemble à un dessin d'enfant.

Mathieu arrive en courant.

— Madame Morelli! crie-t-il. J'ai une idée pour le jour des Champions!

— De quoi s'agit-il? demande-t-elle.

— Un cirque! répond-il.

Madame Morelli n'est pas enthousiasmée.

— Je ne raffole pas des cirques, mais on verra.

Lisanne est sûre qu'il n'y aura pas de cirque le jour des Champions. Maintenant, il lui reste deux bonnes idées : un feu de camp et un spectacle de magie.

— Lèche tes lèvres, dit Pierrot, mais pas trop. Comme ceci.

Lisanne lèche ses lèvres.

— Maintenant, place tes lèvres comme ce-

ci, dit Pierrot en arrondissant sa bouche. Et souffle.

Une bouffée d'air sort de la bouche de Lisanne.

— Tu souffles trop fort, dit Pierrot.

Lisanne recommence — plus doucement.

— Ce n'est peut-être pas assez fort, dit Pierrot.

Lisanne essaie un peu plus fort. On dirait qu'elle veut souffler une bougie.

C'est la troisième semaine de camp, et elle ne sait toujours pas siffler.

Lisanne est fâchée. Le jour des Champions, elle va avoir l'air idiot.

— Ne te décourage pas, dit Alex. Moi, je n'arrive toujours pas à jongler.

— Et je ne sais pas monter à bicyclette, dit Jeanne en montrant les pansements sur ses genoux.

— Moi, je peux réciter l'alphabet à l'envers, déclare Mathieu. Z, Y, X, W, V, U...

— D'accord, d'accord, dit Pierrot. Tu nous l'as récité mille fois. Viens, Lisanne. Au travail. Mets ta bouche comme ceci.

Lisanne imite Pierrot, mais elle ne réussit

pas à produire de son.

Madame Morelli s'approche.

— J'ai eu plus de difficulté à apprendre à siffler qu'à apprendre à peindre.

Lisanne s'interrompt.

— J'ai une idée pour le jour des Champions.

— Oui? Quoi donc? demande madame Morelli.

— Un feu de camp, répond Lisanne.

— Je ne pense pas que le service des incendies nous le permettra, dit madame Morelli, mais je peux toujours leur demander.

Il ne reste plus qu'une bonne idée à Lisanne. Elle voudrait en trouver d'autres. Mais elle est trop occupée à apprendre à siffler.

Chapitre 5

Tous les soirs, Julie montre à ses parents ce qu'elle a appris.

— C'est la première position, explique-t-elle.

Sa mère et son père applaudissent, ainsi que Mai-Mai.

Lisanne s'évente avec un éventail qu'elle a fabriqué.

— Et voici la deuxième position, dit Julie, qui obtient de nouveaux applaudissements.

Quand Julie a terminé, elle demande :

— Es-tu capable de siffler, Lisanne?

Chaque soir, Lisanne doit répondre non.

Et Julie siffle «Au clair de la lune».

Par une soirée très chaude d'août, Lisanne demande à sa mère :

— Est-ce que je peux aller voir oncle Pierre?

Sa mère accepte. Elle aime que Lisanne rende visite à son oncle pour le désennuyer un peu.

Lisanne dévale l'escalier. Elle est en sueur. Mais quand elle ouvre la porte du restaurant, une bouffée d'air frais l'accueille. Le restaurant est climatisé.

Lisanne se sent déjà mieux.

Son endroit préféré est derrière le bar, derrière un gros palmier. Là, elle peut regarder la télévision du bar. Les clients ne peuvent pas la voir.

Oncle Pierre n'est pas là, mais Lisanne sait qu'il va revenir. Il va lui donner un bol de nouilles croustillantes et un verre de jus.

En l'attendant, Lisanne grignote deux rondelles d'orange et une cerise.

Même si le son de la télévision est coupé, Lisanne peut suivre l'émission. C'est l'histoire d'un petit garçon qui est enfant unique.

Lisanne se demande si sa mère veut avoir un garçon.

Puis elle pense à sa troisième idée pour le jour des Champions.

Un spectacle de magie.

Elle est sûre que madame Morelli va adorer cette idée.

Mais si elle n'est pas d'accord? Lisanne voudrait vraiment remporter le prix de la meilleure idée.

Soudain, Lisanne entend deux voix familières derrière elle.

C'est madame Morelli et monsieur Petit.

«Parfait! se dit Lisanne. Je vais aller leur parler du spectacle de magie.»

Mais quelque chose dit à Lisanne de ne pas se retourner.

— Albert, dit madame Morelli. Qu'est-ce que tu as, ce soir?

Lisanne se souvient que le prénom de monsieur Petit est Albert.

— Je suis inquiet, répond monsieur Petit. Peut-être que nous ne devrions pas nous marier.

«Nous *marier*?», pense Lisanne qui n'en croit pas ses oreilles.

— Pourquoi? demande madame Morelli.

— J'ai peur, dit monsieur Petit. Je pense que je suis trop vieux pour changer.

— Mais tu n'as qu'à déménager de l'autre

côté de la rue, dit madame Morelli. Il y a beaucoup de place. Les parents de Pierrot ont dit qu'il n'y avait pas de problème.

Les parents de Pierrot sont partis pour un an. Ils étudient les arbres au Brésil. Lisanne se demande si Pierrot sait que sa grand-mère veut épouser monsieur Petit.

Elle prend une grande inspiration et elle retient son souffle.

Sans réfléchir, Lisanne arrondit sa bouche. Comme si elle allait dire «Oooh!».

Oooh! je n'en crois pas mes oreilles.

Oooh! je ne devrais pas écouter.

Oooh! j'aimerais que Jean-François et Pierrot soient ici.

— Qu'est-ce que Jean-François et Pierrot vont penser? demande monsieur Petit. Ils vont être tellement surpris. Personne n'est au courant de ce qui nous arrive.

«Sauf moi», se dit Lisanne.

— Mais qu'est-ce que tu essaies de me dire, Albert? demande madame Morelli d'une voix gentille, mais très triste, aussi. Tu ne m'aimes plus?

C'est une question très importante.

Mais Lisanne retient son souffle depuis trop longtemps. Il faut qu'elle laisse sortir l'air. Et quand elle le fait, elle émet un long sifflement.

Pour la première fois.

Elle est tellement surprise qu'elle oublie d'écouter la réponse de monsieur Petit. Elle oublie même la question.

Lisanne essaie de siffler encore. Elle prend une grande inspiration et retient son souffle. Elle arrondit sa bouche et elle siffle.

Elle a réussi!

Et elle recommence encore et encore.

— Tu vas bien? demande oncle Pierre.

Lisanne sursaute.

— Oui, très bien.

Son oncle a l'air si fatigué! Mais il est heureux de voir Lisanne.

— Veux-tu du poulet croustillant? demande-t-il.

— Non merci, répond Lisanne.

— Veux-tu de la crème glacée?

— Non, merci. Écoute!

Lisanne siffle à la perfection.

Elle peut siffler seulement une note, mais c'est un son merveilleux.

Oncle Pierre est très fier d'elle.

— Je vais te donner un biscuit chinois.

Il va dans la cuisine.

Soudain, Lisanne se souvient de madame Morelli et de monsieur Petit. Ils s'aiment et vont se marier! Monsieur Petit va déménager chez Pierrot! Et elle est la seule à le savoir.

Lisanne écoute.

Elle n'entend plus les voix.

Lentement, elle se retourne. Elle jette un coup d'oeil entre les branches du palmier.

Madame Morelli et monsieur Petit sont partis.

Oncle Pierre apporte un biscuit à Lisanne.

Lisanne l'ouvre et lit le petit message qui est à l'intérieur.

CE MOIS-CI, VOUS RENDREZ TROIS PERSONNES TRÈS HEUREUSES.

Lisanne espère que deux de ces personnes sont madame Morelli et monsieur Petit.

Mais qui est la troisième personne?

Lisanne regarde son oncle. Soudain, son

coeur fait un bond. Oncle Pierre pourrait être la troisième personne!

Il pourrait organiser la réception de mariage à son restaurant! Comme cela, il aurait plein de clients. Et ce serait une fête merveilleuse pour madame Morelli et monsieur Petit.

Lisanne a une foule d'idées. Oncle Pierre préparerait un repas délicieux. Et elle fabriquerait toutes les décorations.

Mais elle a besoin d'aide. Qui pourrait bien l'aider?

Pierrot et Jean-François, bien sûr! Ce sont leurs grands-parents qui vont se marier.

Mais est-ce qu'elle doit leur parler du mariage?

Après tout, c'est un secret. Et Lisanne n'est pas censée être au courant.

Lisanne n'a jamais, jamais rapporté. Et elle n'a pas l'intention de commencer aujourd'hui.

Alors, en mangeant son biscuit, Lisanne réfléchit à la façon dont Jean-François et Pierrot pourraient découvrir ce secret. Ou à une personne qui pourrait leur révéler ce secret.

Lisanne monte chez elle. Sa mère lit et son père travaille à l'ordinateur. Julie regarde la télévision.

— Bonjour! lance Lisanne.

— Bonjour! répondent les autres.

Personne ne devine qu'elle connaît un secret.

Parfait. Pour que son plan fonctionne, Lisanne doit être naturelle.

Lisanne va trouver Mai-Mai qui est dans son petit lit, dans la chambre de ses parents. Elle n'est pas encore endormie.

Parfait.

Lisanne se met à genoux à côté du lit. Elle appuie son visage entre les barreaux.

— Madame Morelli et monsieur Petit s'aiment, dit-elle à Mai-Mai.

— Qu'est-ce que tu dis? demande Julie qui s'est glissée derrière elle.

Lisanne savait bien que sa soeur la suivrait.

— Rien, répond Lisanne.

— Tu parlais de madame Morelli et de monsieur Petit, ajoute Julie.

— Voyons! dit Lisanne. Pourquoi est-ce

que je parlerais d'eux?

— Maman, Lisanne se moque de moi, se plaint Julie en courant vers le salon.

Lisanne sourit. Elle va dans sa chambre et enfile son pyjama. Elle se met au lit et commence à écrire sur une feuille.

M.M. + *M.P.*, écrit-elle. M.M. veut dire «madame Morelli» et M.P. veut dire «monsieur Petit».

Julie entre et met son pyjama. Elle regarde la feuille.

— Qu'est-ce que ça veut dire? demande-t-elle.

— Rien, répond Lisanne.

Elle dessine un grand coeur. À l'intérieur, elle écrit : *M.M. AIME M.P.*

— Je vais le dire à maman, dit Julie. Tu te moques encore de moi.

— Mais non, fait Lisanne.

Mais, en réalité, elle se moque de sa soeur. C'est une partie de son plan.

— Je vais parler de ta doudouce à tes amis, dit Julie.

Lisanne ne s'en fait pas. Elle lance à sa soeur un grand sourire chaleureux.

Puis elle dessine un autre coeur tout décoré.

Julie fait semblant de ne pas regarder.

Mais Lisanne sait que sa soeur brûle de curiosité.

— Bonne nuit, les filles, dit monsieur Wu.

Il les embrasse et éteint la lumière.

Lisanne entend Julie respirer. Mais Julie ne respire pas calmement comme quand elle dort. Elle respire rapidement, comme quand elle est bien réveillée et en colère.

Lisanne prend sa doudouce dans sa taie d'oreiller.

— Doudouce? dit-elle juste assez fort pour que Julie entende. Devine!

Lisanne entend Julie retenir son souffle.

— Madame Morelli et monsieur Petit s'aiment. Ils vont se marier. Et il y aura une réception au restaurant d'oncle Pierre. Nous sommes les seules à le savoir. Même Pierrot et Jean-François ne sont pas au courant. Ne leur dis rien. D'accord, Doudouce?

Chapitre 6

Le lendemain, pendant la réunion, Julie est assise à côté de Pierrot. Elle lui chuchote quelque chose à l'oreille.

Pierrot écarquille les yeux. Il fixe sa grand-mère.

Lisanne ne peut s'empêcher de sourire.

— Qu'est-ce qui te fait sourire, lui demande Alex.

— J'ai appris à siffler, dit-elle.

— Merveilleux! dit Laurence. Montrenous.

Lisanne siffle.

Mais ce n'est pas pour cela qu'elle sourit. Elle sourit parce que Julie est maintenant assise à côté de Jean-François. Elle chuchote quelque chose à son oreille.

Jean-François écarquille les yeux. Il fixe son grand-père.

Monsieur Petit joue de la guitare tout doucement. En jouant, il regarde les cordes de son instrument. Il a l'air préoccupé. Il ne regarde pas madame Morelli. Et madame Morelli ne le regarde pas. Lisanne est inquiète. Elle se demande pourquoi madame Morelli et monsieur Petit ne sourient pas et ne rient pas comme d'habitude.

Puis Lisanne se souvient de LA question. C'était juste avant qu'elle siffle. Madame Morelli avait demandé à monsieur Petit s'il l'aimait encore. Lisanne n'a pas entendu la réponse. Elle était trop occupée à siffler. Et si monsieur Petit avait répondu non? Alors il n'épouserait pas madame Morelli. Il n'y aurait pas de réception chez oncle Pierre.

Lisanne regarde madame Morelli. Elle a l'air triste et fatiguée, comme si elle n'avait pas dormi de la nuit.

La réunion est terminée. Pierrot discute avec Jean-François. Ils n'ont pas l'air contents.

— Qu'est-ce qui se passe? leur demande Lisanne.

Jean-François et Pierrot ont l'air gênés.

Pierrot se balance d'un pied sur l'autre. Finalement, il dit :

— Ta soeur nous a dit un grand secret. Elle nous a demandé de ne le dire à personne d'autre. Elle dit que ma grand-mère va épouser monsieur Petit. Mais ça ne se peut pas. Ma grand-mère a pleuré hier soir.

— Je ne comprends pas, dit Jean-François. Le secret de Julie ne m'a pas étonné, parce que mon grand-père parle toujours de madame Morelli, chez nous. Mais ce matin, il était vraiment grincheux. Quand j'ai parlé d'elle, il s'est fâché contre moi.

Lisanne est très malheureuse. Madame Morelli et monsieur Petit avaient un secret spécial. C'était un secret joyeux qui est devenu un secret triste. Mais pour eux, c'est toujours un secret.

Et maintenant, à cause de Lisanne, tout le monde va être au courant.

Lisanne se rend compte que Julie parle à d'autres enfants. Tous sont surpris. Ils regardent madame Morelli et monsieur Petit d'un air étonné.

Julie est une commère. Mais Lisanne est la plus grande commère de toutes, parce qu'elle a révélé le secret à Julie. Et parce qu'elle espérait que Julie le dise à tout le monde.

«Qu'est-ce que je dois faire?», se demande-t-elle.

Lisanne a envie de courir chez elle. Elle voudrait être dans son lit avec sa doudouce et rêver à Cendrillon.

Des larmes roulent sur ses joues. Elle les essuie du revers de la main.

— Lisanne, pourquoi pleures-tu? demande Pierrot.

— C'est ma faute, répond-elle en s'essuyant les yeux. Il vaut mieux que je vous explique.

Lisanne raconte toute l'histoire à Pierrot et à Jean-François.

Quand elle a fini, les deux garçons restent silencieux.

— Il est trop tard pour arrêter Julie, dit Jean-François.

— Je sais, dit Lisanne.

— Mais l'important, c'est de connaître la vérité, dit Pierrot en se tournant vers Jean-François. Crois-tu que ton grand-père aime toujours ma grand-mère? lui demande-t-il. Parce que moi, je crois qu'elle l'aime vraiment.

— Je pense que oui, répond Jean-François. Mais mon grand-père est vieux jeu. Je ne l'imagine pas en train de se remarier.

Les trois enfants regardent monsieur Petit. Il observe Alex qui jongle. Alex jongle très bien, mais monsieur Petit a l'air vraiment malheureux.

— Nous devons l'aider, dit Pierrot.

— Le message de mon biscuit chinois était : «Ce mois-ci, vous rendrez trois personnes très heureuses», dit Lisanne.

Elle raconte aux garçons son idée à propos de la réception de mariage.

Au même moment, les enfants entendent le sifflet du Camp des Champions. Ils vont rejoindre les autres campeurs autour de madame Morelli.

— Je suis désolée, mais je ne me sens pas

60

bien, dit-elle. Je vais retourner chez moi.
J'ai une toile à terminer pour le musée. Si
vous avez besoin de moi, venez à la maison.

Madame Morelli se retourne et s'en va.
Elle ne sourit pas. Elle n'a pas dit au revoir.

Émile accourt vers Lisanne.

— Es-tu prête à continuer mon histoire?
demande-t-il.

— Bien sûr, dit Lisanne.

En fait, elle n'en a pas du tout envie.

— Le roi rouge et la reine verte sont cap-
turés par Dracula, raconte-t-il. Puis le garçon ailé vient à la rescousse.

Émile vient d'inventer le garçon ailé. Ce
garçon a des ailes et n'a peur de rien.

Lisanne se demande si Émile a entendu
l'histoire au sujet de madame Morelli et de
monsieur Petit. Elle pense que non.

Émile dessine le garçon ailé en train de se
battre avec Dracula.

Pendant qu'il dessine, Lisanne se rappelle
combien madame Morelli est jolie quand elle
est heureuse.

— On va montrer ton dessin à madame
Morelli, dit-elle. C'est le genre de dessin

qu'elle préfère.

Lisanne ne sait pas ce qu'elle va dire à madame Morelli. Mais elle sait qu'elle doit la voir.

Lisanne et Émile remontent le sentier qui mène à la maison de Pierrot. Ils s'arrêtent devant le porche. On dirait qu'un orchestre joue de la musique religieuse à l'intérieur.

Lisanne frappe à la porte.

Elle frappe de nouveau. Elle se demande si madame Morelli peut l'entendre malgré la musique.

— Viens, dit-elle à Émile.

Ils font le tour de la maison.

Il n'y a personne dans le salon, ni dans la salle à manger. Mais quand ils approchent de la cuisine, ils aperçoivent madame Morelli.

Madame Morelli est assise à table. Toutes les fenêtres sont ouvertes.

Lisanne et Émile l'entendent pleurer.

— Madame Morelli s'est fait mal? demande Émile.

«Les enfants! se dit Lisanne. Ils ne comprennent jamais rien.»

— Oui, répond-elle. Viens, on va trouver monsieur Petit. Il pourra peut-être la guérir.

Lisanne et Émile partent en courant. Monsieur Petit est toujours assis sur le bord du trottoir. Il regarde toujours Alex qui jongle avec trois balles.

Et il a toujours l'air très malheureux.

— Excusez-moi, lui dit Lisanne, mais je pense que vous devez être au courant. Madame Morelli pleure dans sa cuisine.

Monsieur Petit se lève.

— Alex, dit-il, je ne me sens pas bien, moi non plus. Je dois rentrer à la maison quelques instants. Surveille bien les campeurs.

Quand monsieur Petit est parti, Alex se tourne vers Lisanne.

— Sais-tu ce que ta soeur raconte à tout le monde? lui demande-t-il.

Lisanne acquiesce.

— Qu'est-ce qui se passe? demande Alex.

Alex est un grand. Et il est toujours gentil avec Lisanne. Il ne rit jamais d'elle quand elle joue à la balle molle.

La balle molle. Lisanne s'en faisait tellement à ce sujet, en juin.

Elle voudrait bien que la balle molle soit maintenant son seul problème.

Elle regarde Alex avec attention. Il lui avait bien dit qu'elle pourrait être son professeur d'orthographe. Lisanne se dit qu'elle peut lui révéler la vérité.

Alors elle dit :

— C'est ma faute.

Et elle lui raconte toute l'histoire.

— Quel gâchis, dit Alex en se tournant vers Jean-François. Tu pourrais parler à ton grand-père et découvrir s'il aime madame Morelli ou non.

— Je sais qu'il l'aime, dit Jean-François.

— Alors va lui dire qu'il n'est pas trop vieux pour se marier.

— Mon grand-père ne m'écoutera pas, dit Jean-François.

— J'ai une idée! s'écrie Lisanne. C'est différent, mais ça peut fonctionner. Madame Morelli adore les histoires farfelues d'Émile. Alors nous allons lui demander si nous pouvons monter une pièce de théâtre pour le jour des Champions. Ce sera la grande surprise. Une pièce de théâtre écrite par un garçon de trois ans.

Pierrot ne comprend pas.

— Mais comment ça va aider ma grand-mère et monsieur Petit?

— Nous allons demander à ta grand-mère de jouer le rôle de la reine rouge, dit Lisanne. Et, Jean-François, nous demanderons à ton grand-père d'être le roi vert.

— Et puis? demande Alex.

— Il y aura un mariage surprise pendant la pièce, explique Lisanne. Le roi vert et la reine rouge ne le sauront pas d'avance.

— J'aime ton plan, dit Jean-François. Ça pourrait donner une bonne idée à mon grand-père.

Madame Morelli accepte. La pièce d'Émile sera la surprise du jour des Champions.

— Est-ce que je gagne le prix? demande Lisanne.

— Quel prix? dit madame Morelli.

— Le prix de la meilleure idée de surprise, dit Lisanne. Vous vous souvenez?

— Ah! oui, bien sûr, répond madame Morelli.

66

Elle n'a pas l'air très excitée. De toute façon, elle a toujours l'air triste.

— Émile veut que vous jouiez le rôle de la reine, dit Lisanne.

— D'accord, si c'est ce qu'il veut, dit madame Morelli.

Elle a l'air triste et vieille. «Mais bientôt, se dit Lisanne, son prince viendra.»

Pierrot demande à monsieur Petit s'il veut jouer le rôle du roi.

— J'imagine, répond-il.

Monsieur Petit et madame Morelli s'évitent du regard.

Mais cela ne dérange pas Lisanne.

Ni Alex, ni Pierrot, ni Jean-François.

Leur plan fonctionne à merveille. Ils expliquent la situation à chacun des enfants. Tous acceptent de les aider. Même Julie.

Elle est gentille avec Lisanne, maintenant. On dirait qu'elle est contente que ce soit sa soeur, et pas elle, qui ait été la plus grande commère.

Lisanne et Julie fabriquent une robe de mariée dans un vieux drap blanc.

Pierrot et Jean-François fabriquent des

couronnes avec du papier doré et des brillants.

Jeanne et Mathieu fabriquent des petits chapeaux pour les demoiselles d'honneur.

Maria et Alex fabriquent des cravates pour les garçons d'honneur.

Chapitre 7

C'est le jour des Champions.

Alex et Émile amènent leurs parents s'asseoir sur des couvertures. Madame Wu s'installe dans une chaise longue. Elle est trop grosse pour s'asseoir par terre.

La scène des Champions est montée. Elle est faite de quatre solides tables de bois. Certains des campeurs l'ont décorée de papier crêpé.

Laurence a fabriqué une grande affiche. On y lit : BIENVENUE.

Madame Morelli et monsieur Petit sont sur la scène. Madame Morelli est très belle dans sa robe de mariée. Et monsieur Petit est magnifique dans son habit.

Mais ils ne se parlent pas.

Un rideau est suspendu au fond de la scène. Derrière, Lisanne, Pierrot et Jean-François

ont rassemblé les campeurs. Ils aident les filles à mettre leur chapeau et les garçons à mettre leur cravate.

Julie est à côté de Lisanne. Elle trépigne d'excitation.

— Et le spectacle des campeurs? demande-t-elle.

— Plus tard, dit Alex. Après la grosse surprise.

Alex est à l'avant-scène. Il jongle tout en parlant.

— Mesdames et messieurs, dit-il. Je vous présente le roi et la reine du Camp des Champions!

Madame Morelli et monsieur Petit se lèvent et saluent. Ils ne sourient pas. Le public applaudit.

Puis Alex entonne la marche nuptiale. *La, la, la la la la la la, la, la...*

Et il jongle tout en chantant.

Les demoiselles et les garçons d'honneur avancent au rythme de la musique. Ils s'arrêtent devant la scène.

Tous ont une poignée de confettis. Et tous

chantent.

Madame Morelli a l'air de s'interroger.

Monsieur Petit aussi.

La chanson s'arrête.

Lisanne et Jean-François s'avancent.

— Bienvenue au jour des Champions, dit Lisanne. Aujourd'hui, nous fêtons plusieurs choses. Tout ce que nous avons appris. Et tout ce que nous nous sommes enseigné. Nous allons vous montrer tout ça. Pour commencer, une pièce de théâtre écrite par Émile Dagenais. Je l'ai aidé un peu. Es-tu prêt, Émile?

Émile acquiesce. Il connaît sa pièce par coeur.

— Il était une fois un roi et une reine.

Émile regarde madame Morelli et monsieur Petit.

Ils sourient à Émile, mais ils ne se sourient pas.

— Le roi et la reine vont se marier, poursuit Émile. Mais ils se sont disputés. Le roi pensait qu'il était trop vieux pour se marier.

Monsieur Petit fronce les sourcils.

— Mais le garçon ailé vient à la rescousse.

Il agite sa baguette magique.

Émile prend un bâton et l'agite.

— Le roi est devenu un jeune prince.

Madame Morelli fait un petit sourire.

Mais monsieur Petit a l'air sombre.

— Le roi et la reine sont redevenus heureux, continue Émile. Alors ils ont décidé de se marier.

Madame Morelli cache sa bouche de sa main. Lisanne voit qu'elle essaie de ne pas rire.

Monsieur Petit croise les bras sur sa poitrine. Il ne rit vraiment pas, lui.

Alex entonne de nouveau la marche nuptiale. *La, la, la la la la la la, la, la...*

— Qu'est-ce qui se passe, ici? demande monsieur Petit, en colère.

Émile a l'air effrayé.

Lisanne se dit qu'elle doit donner une explication. Mais elle ne sait pas quoi dire. Elle ne pensait pas que monsieur Petit serait fâché.

Elle observe Alex. Il a l'air nerveux, lui aussi.

Julie s'avance.

— Je peux le dire? demande-t-elle.

— Vas-y, dit Lisanne.

Pour une fois, elle est heureuse que Julie soit une commère.

Julie s'approche de la scène. Elle pose sa main sur le bras de monsieur Petit.

— Nous savons que vous aimez madame Morelli, dit-elle, et que vous voulez vous marier. Nous savons aussi que vous pensez que vous êtes trop vieux. Mais vous n'êtes pas trop vieux. Vous êtes vieux, mais pas TROP vieux.

— Julie! Tais-toi, dit madame Wu.

Madame Wu se lève et s'avance.

— Madame Morelli et monsieur Petit sont assez grands pour savoir ce qu'ils doivent faire. Qu'ils se marient ou non, ça ne te regarde pas.

— Qui t'a parlé de notre projet? demande monsieur Petit, qui commence à sourire.

— Lisanne vous a entendus chez oncle Pierre, répond Julie.

Tous regardent Lisanne. Elle ferme les yeux. Elle est rouge de honte. Lisanne ne voulait surtout pas embarrasser ses parents, mais c'est ce qu'elle a fait.

— Lisanne! s'écrie madame Wu. Ne me dis pas que tu as espionné?

— Lisanne a dit que madame Morelli est jolie quand elle est heureuse, poursuit Julie. Lisanne voulait qu'elle soit de nouveau jolie et heureuse. Elle pensait qu'elle serait heureuse si monsieur Petit était son prince.

— Julie, tais-toi! Il ne faut pas... Oh non! dit madame Wu en se tenant le ventre. Oh non! Oh non!

Monsieur Wu accourt.

— C'est le moment?

— C'est le moment, répond madame Wu.

Et le premier jour des Champions s'est terminé par une surprise à laquelle personne ne s'attendait. Même pas Lisanne.

Antoine Wu est né à l'hôpital de Pépinville. Il y a maintenant quarante enfants dans le quartier.

Ce soir-là, madame Morelli et monsieur Petit vont voir le nouveau-né à l'hôpital.

Lisanne et Julie s'assoient avec eux dans la salle d'attente. Ce n'est plus Lisanne-

Nuage et Julie-Soleil. Ce sont les jumelles-Soleil.

— As-tu remarqué? demande Lisanne à Julie.

— Oui, dit Julie. Ils se tenaient la main.

Lisanne et Julie se donnent un gros baiser. C'est merveilleux d'être des soeurs quand on aime les mêmes choses.

Chapitre 8

Le premier septembre, un vrai mariage a lieu dans le cercle bleu. Madame Morelli porte sa robe de reine. Monsieur Petit est en habit.

Antoine Wu porte des vêtements tout neufs.

Toutes les campeuses ont remis leur chapeau de demoiselle d'honneur et tous les garçons, leur cravate de garçon d'honneur. Ils s'assoient autour du cercle et chantent «Moi, mes souliers».

C'est madame Morelli qui en a eu l'idée. Elle voulait qu'on chante des chansons du camp à son mariage.

Un prêtre amérindien célèbre la cérémonie de mariage.

Il a demandé à Lisanne, Jean-François et Pierrot de lire une prière de mariage amérin-

dienne.

Lisanne laisse Julie s'asseoir à côté d'elle pendant qu'elle lit.

Maintenant, vous ne sentirez plus la pluie, lit Lisanne, *parce que vous vous protégerez tous les deux de la pluie.*

Maintenant, vous n'aurez plus froid, lit Jean-François, *parce que vous vous réchaufferez tous les deux.*

Lisanne pense à la neige qui tombera dans quelques mois. Elle imagine monsieur Petit et madame Morelli devant le foyer, dans la maison de Pierrot.

Rentrez chez vous pour commencer votre nouvelle vie, lit Pierrot. *Que votre vie sur Terre soit longue et heureuse.*

Madame Morelli et monsieur Petit ont dit qu'ils ne voulaient pas de cadeaux qui coûtent de l'argent.

Comme cadeau, ils veulent le spectacle des Champions. Ils veulent que les enfants leur montrent ce qu'ils ont appris au camp.

Alors Émile a lu sa pièce encore une fois.

Mathieu a récité l'alphabet à l'envers.

Jeanne s'est promenée à bicyclette.

Julie a dansé.

Et Lisanne a sifflé la marche nuptiale.

Après le spectacle, tous se rendent au restaurant de l'oncle Pierre. Lisanne l'a aidé à préparer un gâteau de mariage spécial. Sur le dessus, il y a des roses et une colombe.

— Pour la paix, dit madame Morelli.

— Et pour la beauté, dit monsieur Petit.

Oncle Pierre est tout excité de voir son restaurant bondé.

Il sert un menu choisi par Lisanne : de la soupe aigre et piquante, des petits chaussons frits, du poulet au brocoli et, le plat préféré de Lisanne, le porc Mu-Shu, qu'on enroule dans une crêpe.

Tous les invités disent qu'ils vont revenir au restaurant de l'oncle Pierre.

Madame Morelli offre à son nouveau mari une toile comme cadeau de mariage. Lisanne ne sait pas ce que ça représente, mais Émile dit que c'est le portrait du garçon ailé.

Monsieur Petit offre à madame Morelli une guitare électrique et un amplificateur.

— J'ai toujours voulu avoir une guitare

électrique, soupire madame Morelli.

— Comment allez-vous l'appeler? demande Lisanne.

— C'est une bonne question, répond madame Morelli. As-tu une idée?

— Georgette, dit Alex.

— Pas mal, dit madame Morelli.

Lisanne est certaine qu'elle peut trouver un nom plus amusant.

— Pomme! s'écrie Julie.

— Ça va me donner faim, dit madame Morelli.

Maintenant, Lisanne est sûre d'elle. Elle n'a pas besoin de demander l'avis de personne.

— Championne, dit-elle d'une voix forte.

— Merveilleux! s'exclame madame Morelli.

Elle branche «Championne» dans l'amplificateur et commence à jouer «Moi, mes souliers». Tous les enfants se mettent à chanter.

Sauf Lisanne Wu.

Elle siffle.

L'auteure

«J'aime beaucoup écrire à propos des enfants et de leurs familles, dit Jean Marzollo. Les enfants ne sont jamais ennuyeux. Lorsque je suis à court d'idées, je vais dans une classe et je discute avec les jeunes. Ils me donnent des centaines d'idées et je n'ai qu'à choisir la bonne.»

«Je me souviens très bien du temps où j'étais à l'école primaire — les noms des professeurs, la lampe ornée de roses peintes que nous avons offerte à notre enseignante quand elle s'est mariée, les enfants qui pleuraient à la récréation, la façon de dessiner un poisson avec de la peinture aux doigts.»

«Quand j'écris des histoires pour la Rue des Pommettes, je puise dans mes souvenirs d'enfance. J'habite avec mes deux grands fils et mon mari à Cold Spring, dans l'État de New York. C'est une petite ville pleine d'histoires, où les valeurs sont très solides.»

L'illustratrice

«Jean Marzollo et moi sommes amies depuis vingt ans et nous avons produit plusieurs livres ensemble, nous dit l'illustratrice Irene Trivas. Elle met des enfants en scène, moi je les dessine.»

«Nous avons toutes deux vécu à New York un certain temps et nous avons beaucoup appris sur la vie citadine. Puis nous avons déménagé. Moi, je me suis installée dans le Vermont, et il m'a fallu m'adapter à la campagne. Mais les enfants sont partout semblables : compliqués, amusants, idiots, sérieux et plus imaginatifs que n'importe quel adulte.»

Irene Trivas a illustré un grand nombre de livres pour les enfants et en a aussi écrit et illustré un.

Dans la même collection

Le Noël de Pierrot
Le fantôme de Pépinville
Alerte à la varicelle!
Ma soeur est une commère

ACHEVÉ D'IMPRIMER
EN AOÛT 1992
SUR LES PRESSES DE
PAYETTE & SIMMS INC.
À SAINT-LAMBERT, P.Q.